KB099658

서산이 되고
청노새 되어

유종호 시집

서산이 되고
청노새 되어

민음사

차례

제2부

책머리에

시는 내 삶의 첫 정열이라는 말을 자주 해왔다. 중학생 때는 이것저것 끼적여보기도 하였다. 그러나 함부로 쓸 생각은 하지 못했다. 시를 몹시 좋아하나 쓸 생각은 통 하지 않는 이를 두고 그것만 가지고도 정녕 시를 아는 이라고 칭송하는 얘기가 정지용의 글에 보인다. 그럴싸한 계고라 생각되어 함부로 쓰고 발표하는 일은 경계하였다.

시를 좋아하는 것으로 자족하련다는 자기 부과적 계율을 파계한 것은 예순이 되어서다. 워드프로세서에 한글 자판을 깔고 타자를 치다가 몇 줄씩 적어보니 재미가 나서 겨울방학 동안에 열댓 편을 적어보았다. 유치한 세월로 되돌아간 것 같았고 고치는 재미도 소홀치 않았다. 시를 너무 어렵게 대하는 것도 공연한 엄격 취향이 아닌가 하는 늘그막의 기강 해이도 가세해서 관여하던 문학지에 발표하였다. 근 십 년 전인 1995년의 일이다.

그 후 산문 청탁이 들어오면 '시나 좀 갈아 달라'고 자청

하기도 하였다. 그렇게 해서 지금껏 발표랍시고 한 것이 그 럭저럭 60편 가까이 된다. 시간이 지나고 나서 읽어보면 면 구스러운 것이 많고 그런 대로 애착이 가는 것은 열댓 편 정 도나 될까. 그래서 한 열댓 편쯤 더 마련이 되면 시집을 내보 자고 생각한 지도 여러 해째다. 뜸을 들이다간 영 못할 것 같 아 이번에 부족한 대로 엮어보기로 하였다. 평생에 한 권 내 는 시집이라 자신에게 느슨해지고 관대해지는 것은 어쩔 수 없었다. 몇 해 전 어떤 계기에 잡지 등엔 시를 내지 않기로 작 정하였으니 여기 모은 것들은 모두 20세기 막바지 몇 해 사 이의 소작이다. 이번 기회에 더러 손을 보았다.

세상만사가 공들이기 나름인데 제대로 정성을 들이지 못 하였다. 창작에 필수적인 생산적 나태에 몰입할 여유도 없었 다. 시인 소리를 듣고 싶은 생각은 전혀 없다. 시와 모국어를 향해 건네는 소소한 애정 헌사요 정신 노화에 대처하는 내 나 름의 방식일 뿐이다. 우리 사이에서 시에 대한 안목은 희귀 현상이라 생각한다. 누가 마음속에서 열 편만 건져준다면 다 행으로 생각하겠다. 흔히들 하듯 발문을 받아볼까도 생각했 으나 폐가 되는 것을 피해 어사 관련 간단한 주석을 다는 것으로 대신하였다. 어쩌다 들르는 민음사에서 인사 삼아 건네는 박상순 주간의 재촉도 큰 힘이 되어주었다. 두루 고마울 따름이다.

2004년 8월

柳宗鎬

제1부

초승달

동짓달 빈 가지 사이로
돌아와 눈 흘기는 겨울 나그네

반딧불이

온 천하 반딧불이 다 모여서
보름 장이 선다 한들
은하수가 쏟아진들
세계의 어둠을 어이 하리야
인간의 그믐을 어이 하리야

풀섶을 지나며

잠간이니라
잠간이니라
목숨도 초승달도 며칠이라고
풀벌레 한겨레 한자리 모여
떠나가는 가을을 울어 보낸다?

둥굴레차

시월 내 삶의 툇마루에
비낀 햇살 여리고
큰 한잔 둥굴레차
비우는 사이
이 가을이 다 가네
한 세상이 저무네

고추잠자리

쇠똥에 딩굴어도 이승이 좋아
쇠똥구리처럼 말똥구리처럼
똥밭에 딩굴어도 이승이 좋다고
우리네 조선 사람 말하더니

死者를 다스리는 왕이기보다
(그러니까 염라대왕 되기보다도)
째지게 없는 집 종살이를 하더라도

따 위에서 땅 위에서 살고 싶노라
亡者 아킬레스는 말하던데
정말로 그러한가?
지겹지도 않은가?

고개 드매 문득
그제 같은 하늘에
어른 어른 몇 마린가 고추잠자리

자목련 아래서

한 열흘 활짝 열려 있기 위하여
한두 이레 선짓빛 되다 말기 위하여
그러다 별수 없이 꽃 누더기 되기 위해
삼백예순 날을 기다렸다
말하지 말라

아침 이슬 구차한 이승
없었던 듯 스러지기 위하여
그 어느 그믐이나 기막히는 보름밤
슬그머니 떨어지는 황홀을 위하여
삼동을 견디었다 이르지 말라

흔들리며 보채는 먼발치 아지랑이
헐벗은 갈대며 나뭇잎의 술렁임
한겨울 눈맞이의 떨리는 설레임을
어찌 너희가 안다 하느냐
속 터지는 온몸의 외침이 다가 아닌 걸

불 켜진 램프

화살 피하기 위해
과녁 서 있는 것 아니고
사람 피하기 위해
불행 있는 것 아니라던 에픽테토스

가진 것이라고는 도시
베개 하나에다
걸상 하나에다
램프 하나뿐이던 에픽테토스

돌아보는 적막강산
한 모퉁이 그대는
내 짚베개였다 나무 걸상이었다
불 켜진 램프였다

어느 황혼 어느 별 아래서
다시 깨어 베어보라
다시 앉아 밝혀보라
잊으려던 이름 에픽테토스!

어제 그제

대남문 오르는 구기동 골짜기에서
그제는 왼편으로 틀어 승가사를 향하다
올들어 처음 노랗게 핀 개동백을 보았고
어제는 젊은 벗들이여 살다 보면
위장이 쓰릴 때가 많습니다 제약회사 광고에
눈물이 핑 돌았다는 졸업생을 만났다
후퇴할 수 없는 장기 말 兵卒이
느닷없이 가엾던 옛 회복기가 떠올라
그러기 청춘은 아름답다 하지 않느냐
밑도 끝도 없이 지나가는 투로 말하였다
(아하 그대는 무슨 병을 가졌던고)
눈물이 핑 돌았던 最近이 언제였던가
도무지 생각나지 않고 어느새 또 한번의 봄이
영산홍 싸구려 화분에 피어나고 있음을
길 건너 꽃집에서 오늘 다시 보았다
끝에서 몇 번째 봄이려 하는가
비로소 눈부신 세상 잔나비해 이 초봄
뒤통수에 바람이 매우 차다

내 뻐꾸기

—박경리 시편 「뻐꾸기」에 부쳐

우는 것이 뻐꾸기가 푸른 것이 버들숲가
그 뻐꾸기를 꼭 한번 본 적이 있습니다
淸州 당산 밑에 살 때였지요
사시나무인지 물푸레나무인지 생각나지 않지만
맨 꼭대기에서 가지가 휘어지게 울더니만
인기척에 후르르 날아갔습니다
생각보다 작아서 놀랐지요
일자이후 다시는 못 보았지만
언제고 제일 높은 꼭두 가지에 내 뻐꾸기는
그러고서 있답니다 참새보다야 크지만
까치보다 작은 뻐꾸기 소리가 저다지
쩽쩽하게 온 산에 울려 퍼지는 것은
제일 높은 꼭두 가지 휘휘 출렁이며
어기여차! 휘영청!
울어대기 때문이나 아닐는지요

지나가는 뒷모습에

번갯불 번쩍——그리곤 한밤!
——보들레르

처음이자 마지막 본 것이
승냥이 떼 오소리 떼 득실거리는
강북 명동의 밀림 속이었다
지금쯤 어떻게 변해 있을까
나비 부인 되었을까 꿀벌 주부 되었을까
이십칠 평 아파트의 평강 공주 되었을까
호화 빌라 울안의 암사자가 되었을까
선불 맞은 사슴 되어 아파하고 있을까
굴레 벗은 부루말 우람한 백마 되어
이육사의 광야로 달려가고 있을까
다시 한번 우연은 있을 리 없으나
아무려나 어디에고 있어다오
찌르르 소매 스친 먼발치의 사람이여
뒤돌아선 모습이여 말은 없었으나
우리 비록 짓궂은 이승의 잠시였으나

제비꽃

앉은뱅이 마대서
제비꽃인가

오랑캐가 싫어서
제비꽃인가

제비철에 핀대서
아무러면 어때서
제비꽃인가

달 달

아닌 밤에 떠오르는 햇덩이같이
바야흐로 행복의 얼굴과 같이
땡그란 보름달보다도
우리들 남루한 스무 살 적
연상의 여인과도 같이
반 둥글 넓적한 열하룻달보다도
한을 품고 휘어진 비수 같은
초사나흘 초승달에
내 마음 스치더라 내 마음 실리더라

어머니 가시다

살아생전 험한 꼴 많이 보시더니
이제 스스로 험한 형국 되어
(어디가 딱 그렇다는 것이 아니라
주검이 본래 그러하니)
굳이 삼베 바지 삼베 대님 두르고
차가운 흙 속으로 돌아가시다
국망산 꼭대기에 파르르
낮달이 떨고 있는
戊寅년 상달 스무이튿날 午時
구름 있고 바람 있고 추운 날씨였다

코로의 추억

이종형 서양사 교과서에서 훔쳐본
코로의 철필 그림
이탈리아의 추억은
제목 때문에 반했었는데
유치한 가슴을 울렁이게 했는데
지상에서 마지막 그의 말에
다시 한번 반해서
그적의 잡기장에 적어놓았다
──천국에서도 그림
　　그 릴 수 있 기 를

마른 새벽에

후드득 후드득
빗소리를 꿈에 들었다
기름 먹인 옛적 유지우산에
후득이던 밤비 소리

눈 침침해져서인가
내 귀의 잠꼬대인가
난데없이 들려오는
지우산 빗소리

넘고 넘어
어디 와 헤매는가

당분간

한밤중의 공포였던 치통도 고쳤고
열흘이나 끌었던 숙제도 끝냈다
입맛도 돌아오고 내일은 토요일

당분간 해방이다 내 맘대로다
이 무사한 당분간을 위해
지난 몇 달이 있었으니

당분간의 자유가
기막히게 황홀하고 눈부셔 보인다
거룩해 보인다

내 마음의 봄 방학 미니 축제일
더도 말고 나날의 그때 그때가
이리 당분간만 같다면!

길을 닦으리
별 하나 따러 가리
다시 한번 살라 해도 눈 흘기지 않으리

老後

하늘이 꼭 보자기만 한
산골 마을이면 되리라
따스한 물 콸콸 솟는
溫井 마을이면 더 좋으리라

양지바른 봉당에서
해바라기 하다
글씨를 쓰리라 소리를 들으리라
군불도 지피리라

자작나무 흰 가지 무심한 사이로
저녁 연기 띄우리라
다시 한번 영락없는
새 봄을 기두르며

채마 텃밭 빈터에서
지는 해 바라보고
이 세상 겨울 수자리
끝내기도 마물리라

── 당신과 함께

복사꽃이라든가 함박눈이라든가

"아닌 밤에 떠오르는 햇덩이같이
바야흐로 행복의 얼굴과 같이
땡그란 보름달"이라 적고 나니
滿月 보기가 떳떳해졌습니다
어릴 적부터 수없이 바라본
행복의 얼굴 어머니를 닮지 않아
그적의 나를 섧게도 했던 보름달에
도리를 다했다는 느낌에서요
저녁놀이라든가 청보리 밭이라든가
욕 많이 본다며 인절미를 쥐어주어
그이에 내 눈을 흐리게 하던
생판 모르는 아주머니라든가
고추잠자리라든가 구절초라든가
민들레라든가 노고지리라든가
착한 사람이 이기는 사람이에요
머리를 쓰다듬어 주더니
영 다시 볼 수 없게 된 옛날
국민학교 선생님이라든가
복사꽃이라든가 함박눈이라든가
초승달이라든가 이깔나무라든가

저 무던한 사람들과 속깊은
자연 앞에 떳떳하기 위해서도
앞으로 많은 시를 써야겠지요
먹바위 굴려 올리기에 가빠
그동안 너무
고마움을 모르고 살았거든요
허둥지둥
세계의 은혜를 몰랐거든요

서산이 되고 청노새 되어

로스앤젤레스에서 네 시간
세인트루이스에서 세 시간 기다려
비행기 갈아 타고
다시 밤길 한 시간을 달려
조그만 대학촌에 당도하였다.

가도 가도 옥수수 밭인
잠재인 사람이란 뜻의 아이오와에서
기별 없이 마중 나온 것은
아 언제적 것인가
하릿한 반딧불이! 여름 반딧불이!

주택가 한구석 잔디밭에서
명멸하는 서너 개 추억의 곡예
그것이 성에 안 차
반딧불이 장터라는
크리크 풀섶을 찾아갔다.

아 거기서 펼쳐지는 초저녁의 이동 축제!
난만한 존재의 交信!

이 여름 반딧불이를 보기 위해
졸다 깨다 졸다 마다
스물네 시간을 날아온 것이구나

시끌시끌 막가는 아침의 나라에서
시새워 죽을 쑤는 동강 난 산하에서
터벅터벅 육십 년
무슨 반딧불이 보자고
서산이 되고 청노새 되어 숨가빠 온 것인가

알 게 뭐냐며
가없는 옥수수 밭 한 모퉁이에서
외방 떠돌이의 혼령처럼
이 세상 구겨진 진리의 하소연처럼
띄엄띄엄 명멸하는 여름 반딧불이!

제2부

대소원을 지나며

우리들의 辛酸은 끝나지 않았다
살구꽃 뎅그랗게 피어 있는 사월 어느 하루
동해변의 죽변이나 주문진 혹은
황사 긴 內陸의 음성이나 대소원을 지나가 보라
펑펑 포장길 예제로 사방 뚫렸다마는
쉬어가는 족족 개울이며 도랑물 칙칙하게 죽어가고
어디에들 간다는 것이냐
버스 정류소마다 떼지어 섰는 중년의 아낙네들
그들의 한결같이 찌든 얼굴과 속 깊은 주름살
씹는 껌도 사납게 서성대는 젊은 애들 사이로
웬 털모잔 쓰고 체머리 흔들거나
빈 주먹에 호도알 굴리며
비슬비슬 비켜서는 꾸부정한 노인들……
그렇다 멀어도 다시 한참 멀었구나
우리들의 신산은 끝나지 않았다

그제 회오리

이대로 훨훨 국경을 넘어
내 자유의 두루미 되리라
몽골 초원의 승냥이 되리라
서백리아 막수풀의 호랑이가 되리라
반도의 달을 향해
두 눈 부릅뜨고 포효하리라

비 오는 대륙

그 높던 하늘은 어디로 갔는가
아득한 지평 휘황한 도시
눈부신 세상은 어디로 갔는가
그 많던 사람들 다 어디로 갔는가

벌거벗은 벌판 아무도 없는
휘어진 철길 위에
자욱한 不在
엄연한 사실처럼 비가 내린다

언제나 悲歌

백양나무를 시간의 나무라고 부른 옛 부족이 있었다
갈잎나무 잎사귀 거죽이 한밤처럼 검푸르고
뒤쪽은 대낮같이 희다 해서 붙인 이름이다
부족의 이름은 생각나지 않지만
필시 삼세 번 멸망하고 말았으리라
나무 잎새에서 역사를 추려내는 시인 부족을
사방 오랑캐가 가만두었을 리 없으므로.
세상은 항상 개판이었고 역사는 언제나 悲歌이므로
무참한 무참한 敍事이므로

전언에 대하여

어느 동아리 모임에서 옛시인의 「석류」 등을 읽다

대체 이 시의 전언은 무엇입니까?
힐난조의 질문에
전언이 뭐냐고 되물었더니
메시지를 가리키는 우리 말이라 한다
메시지나 전언이나 이젠 우리 말 아닌가
시가 꼭 요한 바오로 2세가 내리는
혹은 고르바초프 서기장이나
캄푸치아 인민에게 올리는
메시지 같아야 하는가 그래야 성이 차겠는가
그랬더니 떨떠름한 얼굴이 입을 봉한다
불복의 전언 부정의 침묵 후일의 기약
남의 나라 시월 혁명은 알아도
(그것도 대충 대충 얼레발 치며)
제 고장 시월 상달은 몰라서 당당한
요즈막의 스무 살 시퍼런 스무 살(멍든 스무 살?)이
묵묵히 서로 눈 끔뻑이며 앉아들 있었다
(이 고이얀 시련 나는 성내서는 안 된다)

민중의 나무

민중의 지팡이란 말이 있지요?
민중의 몽둥이란 말도 들어봤겠지요?
그렇지만 민중의 나무는
금시초문이라고요?
아하 저런! 그러나
포플러가 바로 민중의 나무라지 뭐예요?

생각해 보세요
배고프고 팍팍했던 저 식민지 시절에
호드기 소리조차 힘에 겹던 일제 시대에
줄지어 나부끼던 포플러서껀 없었다면
우리의 황톳길이 얼마나 더 삭막했으리며
우리의 그제인들 또 얼마나 황당했겠어요?

물을 잘 빨아들여 크기는 쉬 크지만
성냥개비 나부랑이로밖에 쓸모가 없어
식민지 신작로에 후리후리 파수나 보던
구차한 세월 설레임의 나무가
민중의 나무라니 참 역설적이네요
하지만 또 어지간히 근사한 일 아닌가요?

오래 전 오랜 후에

송판때기 마구잡이 십자가에
팔 벌려 몸을 묶더니
수건으로 눈을 가리더군요
일제 사격에 고개가 앞으로 꺾이고
넓적다리가 후드득 떨렸구요
마지막 소원으로 맛 뵌
장국밥 뚝배기
놋숟갈 한 자루
개울 바닥에 댕그랗게 남아 있고
눈가림 또한 불쌍히 가는 자를 위한
마지막 선심이라 생각하였지요
먼 훗날에야 그게 아님을 알게 되었구요

창녀와 야수

그런 일은 있을 수도 없고
있지도 않았고
있어서도 안 된다!

――아무렴 그렇지
　　그렇구말구
　　어련들 하시랴
　　지금이 어느 땐데

그런 말은 할 수도 없고
한 적도 없고
해서도 안 된다!

――아무렴 그렇지
　　그렇구말구
　　살기는 어려워도
　　잊기가 좀 쉬운가

그런 꼴은 본 적도 없고
보아서도 안 되고
보이지도 않았다!

──아무렴 그렇지
   그렇구말구
   나는 위증즐가
   아으 動動다리

그들의 청춘

죽음의 계곡이 무서웠다
단장의 능선이 무서웠다
도망치는 수밖에 없었다
들입다 도망치는 수밖에 없었다
코피를 쏟으며
억새밭에 고꾸라졌다
시퍼런 청춘이 누렇게 떴다

노래하는 아이들

어느 아침 국군 모습 보이지 않고
북쪽 군대 밀물처럼 몰려온 마을에서
고무줄 타 넘으며
아이들이 노래하고 있었다
——이 몸이 죽어서
　　　나라가 선다면
　　　아아 이슬같이 죽겠노라!

흔적 없이 붉은 기 사라지고
쑥부쟁이 연보라 어우러진 마을에서
아이들 노래하며
고무줄 연신 넘고 있었다
——눈에 묻혀 사라진 길을 열고
　　　빨치산이 영을 내린다
　　　원수를 찾아서 영을 내린다!

그해 겨울

　그해 겨울엔 장정 추위가 있었다. 거푸거푸 있었다.
읍에서 장정들이 소집되어 나갈 때면 번번이 강추위가
밀어닥쳤다. 날이 갑자기 추워지면 동네 사람들은 운을
떼었다. "허 이렇게 추위를 하는 거 보니 또 장정들을
쓸어갈 모양이지." 단체 환송을 위해 십리 길을 역까지
걸어갔다. 남루에 거적때기를 두른 장정들은 영락없는
떼거지였다. 한데서 몇 시간을 웅크린 채 떨고 있다가
시커멓게 기어가는 빈민굴 움직이는 지옥 같은 캄캄한
곳간차에 실리어 갔다. 흡사 도수장으로 떠나가는 화물
차를 향해 만세삼창을 외칠 때 오장육부에서 어금니까
지 덜덜덜 떨려왔다. 그 후 소스라쳐 깨어보면 으레 덜
덜덜 떨려오는 고드름 지옥 속이었다. 젊은 날의 붙박
이 악몽이었다. ——옛일이란 이름으로 용서할 수 없는
빛 좋은 열일곱 열여덟의 긴 긴 三冬이었다.

강가에서

같은 강물에 과연
두 번 담글 수가 없구나
다 썩은 이 강물에
어찌 발을 씻으랴

광고

엔첸스베르거를 읽다 보니
꼼짝 못하게 온 세상 묶어놓고
독상 푸짐히 차려 먹기 위해
부패 추방 운동을 벌이는 게라고
마구 겁주는 게라고
프로이트 선생이 말했다
허허 우리만 그런 게 아니로구나
어디서 금싸라기 말을 했을까
뒤져봐도 찾아지지 않는다.
아시는 선생은 통지 좀 주시지요.

꿈이었나

　고향은 치욕의 거리였다. 불출이와 팔삭동이, 악마구리와 불가사리가 들끓는 거리, 땡중과 돌팔이, 초라니와 똘만이, 불한당과 파락호가 휩쓸고 다녔다. 행인을 세워 봉창을 뒤지고 툭하면 깝데기를 벗기곤 꾸정물을 먹였다. 어두워지면 상판에 곱돌 가루를 바른 호박꽃 마녀들이 박쥐처럼 날아와 골라가며 피도 안 마른 상고머리의 소매를 당겼다. 철따라 바뀌는 점령군을 향하여 깃대와 엉덩이를 마구 흔드는 주민들. 낯선 주인이 던져주는 보리 이삭으로 겨우 입풀칠을 하였다. 철새가 돌아가도 쓸려간 장정들이 돌아올 줄 모르는 거리. 일거리 없는 사내들의 상욕과 고함소리, 박치기와 뜸배질 한옆에서 허기진 아이들은 금간 오지그릇처럼 방치되었다. 야바위와 토색질, 술주정과 건주정, 삿대질과 흰눈질, 법과 주먹이 다를 바 없는 아, 고향은 악몽의 거리였다.

오감도 88호

13층 아파트가 강변 도로변에 서 있소

아파트 101호에는 제약회사 사장이 살고 있소

아파트 201호에는 제과회사 사장이 살고 있소

아파트 301호에는 만화출판 사장이 살고 있소

아파트 401호는 어찌하여 없고 있소

아파트 501호에는 생수회사 사장이 살고 있소

아파트 601호에는 두부공장 사장이 살고 있소

아파트 701호에는 완구회사 사장이 살고 있소

아파트 801호에는 포르노회사 사장이 살고 있소

아파트 901호에는 건설회사 사장이 살고 있지 않소

아파트 1001호에는 도시가스 사장이 살고 있지 않소

(아파트는 13층이 아니어도 좋고 아파트가 아니어도
좋소

아지트인들 빌라인들 어떻젉소 사장은 회장이어도
좋소)

　제약회사 사장은 가족에게 자기 회사 약품을 먹지 못
하게 하오

　제과회사 사장은 가족에게 자기 회사 과자를 먹지 못
하게 하오

만화출판 사장은 가족에게 자기 회사 만화를 보지 못
하게 하오
생수회사 사장은 가족에게 자기 회사 생수를 먹지 못
하게 하오
(이하 동문. 아파트에는 못하게 하는 사장과 못하는
가족과 끼리끼리 그렇게뿐이 모였소)

아파트는어느날그자리에없을지도모르오 멀리서보면
없고가까이가보면주저앉아있을지도모르오 건설회사사장
이살고있지않다고했잖소 궁금한거이있으믄질문하기요

한여름 밤의 꿈

칼을 쓴 자
칼로써 쓰러지고
독을 쓴 자
독으로써 피 토하며
탈을 쓰매
탈로써 엎어지고
불을 쓰매
불방석에 처하는

밝아 오는 미륵 나라
보름달 왕자 되어
풀뿌리 공주서껀
내 저들을 멸하리니
결단코 삼세 번
저들을 멸하리니
우지끈 멸하리니
계집서껀 멸하리니

시인의 꽃

국어사전에 동백이라 적혀 있고
일어사전엔 동백과의 하나라 적혀 있던데
山茶花가 어떤 꽃이냐 여쭈었더니
사실은 나도 잘 모른다
소리랑 글자가 좋아 썼을 뿐
산다화를 거푸 노래한
시인 김춘수 선생은 말하였다.
소설가 이호철은 허허 사람 좋게 웃었고
소리로는 さざんか가 더 낫지 않은가
퍼뜩 그런 생각이 들었다.

耳鳴

언제부터인가
서울 지하철에서 뻐꾸기가 울기 시작하였다
시청역이나 사호선 수유역이나 가리지 않고
역구가 가까워지면 아주 큰 소리로 뻐꾸기는 운다
내 귀에서 소리가 나기 시작한 것도 그 무렵이다
윙 윙 전봇대 우는 소리가 아니라
쓸 쓸 쓸 하는 벌레 소리 같기도 하고
씨그르르 하는 것 같기도 한 소리가 나는 것이다
여의도 초입 마포대교를 지나다가
저 강물 속에 뻐꾸기가 살고 있다 생각하니
갑자기 머리가 멍해지면서 초가을 풀벌레 소리처럼
쓸 쓸 쓸 씨그르르 내 귀가 소리를 내기 시작한 것이다
허구헌 날 듣기만 하는 게 진력나고 분해서
나도야 소리를 내보자 작심한 것이 아닌가
그러자 이번엔 눈에서도 별 같은 것이 번쩍한다
코에서도 지독한 냄새가 난다 모두가 반역이다 반란이다
이렇게 뿔뿔이 독립을 선언하면 덜컥
구소련처럼 붕괴되는 것이 아닌가 겁이 나는 것인데
천만에 아무 일 없다는 듯 고색 창연히 뻐꾸기는 운다
내 귀울림을 부르며 야무지게
신촌에서도 지하철에서도 서울 뻐꾸기가 운다

청바지 나그네

공항 탑승구 두꺼운 유리벽 안에
무릎 까진 청바지가 골똘히
무슨 책을 보고 있다
백 하나 덜렁 내려놓고
기다리는 짜투리 시간
아까부터 한눈 한번 팔지 않는다
어쩌자고 서둘러 늙어버린
노인이 눈길 주는 줄도 모르고
세상에서 제일 가벼운 사람 되어
젊은이는 오로지 책 읽기에 열중이다
꽃 피지 못한 노인이 빼앗긴 모든 것
처음부터 갖지 못한 전부를 차지한 듯
저 청바지 나그네는 어디서 와서
어디로 흘러가는 외방 젊은이인가
행복은 저리 가깝고 헐한 것인데
귀금속도 일각수도 또한 아닌데
실은 팔랑개비처럼 자유로 살고 싶었는데
세상에서 제일 부러운 이 된 영문도 모르고
청바지는 골똘히 책을 보고 있다
열 걸음도 되지 않는 행복과 회한의 거리
모르는 채 모르는 체 둘이는 앉아 있다

시는 죽었다

지상의 시는 그치지 않는다
——존 키츠

詩는 죽었다
神은 죽었다
함부로 허락되고 백죄
아무렇게나 시가 되나니

여치야
번지 없는 풀섶에서
밤을 새는 여치야
인마
이제 너흰 죽었다!
이제 우린 죽었다!

마부 표도르의 포장마차

뻥 뚫린 서울의 거리에서
우리는 빈털털이였다
아름다운 스무 살이 모여드는 도심을
남의 나라 남의 땅이라 물리쳤으나
반역의 꿈은 어디에서도
비에 젖는 연기처럼 빈한하였다

뻥 뚫린 서울에는 고서점이 여기저기
오지 않는 손님을 기다리고 있어
중세 분묘 도굴품의 싸구려 부스러기
후진국의 지도자 모양
맨날 그 자리에 그 책이 꽂혀 있고
도렴동에서도 청계천에서도 주인은 졸고 있었다

철물과 고서가 함께 놓인 고물점에서
지우산과 재봉침의 기이한 상봉
섣달 그믐께 눈 나리는 초저녁
을지로 육가 가게 앞에 웬 포장마차 서 있고
털모자 눌러쓴 깡마른 마부가 고개 내밀며
퍼쩍 타시오

뻥 뚫린 서울의 눈 내리는 거리를
마차는 황야의 늑대처럼 달렸다
광막한 호수가 지나가고 눈보라가 지나가고
끝없는 자작나무 숲이 지나갔다
트로이카의 방울 소리 들리더니 어느새
은은히 울려오는 수도원의 낮 종소리

우람한 저택에서 벌이는 오뇌와 환락의 사육제
곤드레가 된 벌거숭이 미녀가 보이고
삐딱한 청년의 장광설도 들었다
욕정으로 비틀어진 뿌우연 살 덩어리
침 흘리는 탐욕의 노추와 못 말리는 탕녀
어둠을 가르는 무구한 영혼의 번갯불을 보았다

묶여 있는 구세주 달단인의 만행
사원의 담을 넘는 성자의 목소리
사흘 밤 사흘 낮을 마차는 황야의 늑대처럼 달렸다
눈보라가 지나가고 막수풀이 지나가고
다시 뻥 뚫린 서울의 거리에서
어쩌랴! 우리는 춥고 배고프고 떨리었다

흙비 오는 서울의 너절한 거리에
회오리 쓸고 가는 기구한 거리에
포장마차 안 보이기 하마 오십 년
불어난 도시는 이제 매연과 부잣집 가득하고
순결한 영혼의 새남터! 개망초나 섞여 있는 쑥대밭!
애오라지 약한 자의 가슴만이 뻥 뚫려 있구나! 휑 뚫
려 있구나!

불멸의 한 줄은커녕

그릴 줄은 알아도 여적
거북 귀 字 제대로 쓰지 못하고
맨날 옥편이며 영어사전 뒤져야 하고
아직도 조선 말 모르는 거 천지인데
백죄 어느새 예순이라 한다

벼르고 망설이다 장 하나 사모은 책
그 절반은 뜯지도 않았는데
不滅의 한 줄은커녕
한 일 없이 할 일은 태산만 같은데
이럴 수가 어느새 예순이라 한다

두류산 반야 오르지 못하고
고향 월악도 거우 한 번뿐이었는데
눈부신 사람도 저리 많은데
사랑하지 못하고 내 따스하지 못했는데
어떡허나 속절없이 예순이라 한다

꼭 엊그제 같은 저 건너 스무 살 머리맡에서
밤새 빗방울처럼 울어주던 그 귀또리가

다시 몰려와 눈 흘기며 나래 부비며
저리 막무가내 나보고 예순이라 한다
잠을 놓친 새로 두시 베개맡에서

주(註)

고추잠자리

1. 충청도 지방에서는 쇠똥구리를 말똥구리라고도 한다. 비슷한 소리를 가진 것으로는 매과에 속하는 텃새인 말똥가리가 있다.

2. 아킬레스는 지하 사자(死者)의 나라에서 오뒷세우스에게 말한다. "삶을 마친 사자를 다스리는 왕이 되기보다는 차라리 땅뙈기도 없이 겨우 입풀칠하는 지상의 농투성이 집에서 종살이를 하겠소."『오뒷세이아』11권. 556~558행.

자목련 아래서

'한두 이레'는 일 주일 혹은 이 주일간.

불 켜진 램프

1. 에픽테토스는 서력 1세기에 지금의 터키 중부에 해당하는 프리지아 출신의 스토아파 철학자이다. 처음 노예였으나 황제 네로가 해방시켜 주었다. 스스로 저술한 것은 없고 그의 가르침을 제자가 편찬한 『어록』이 있다. 한나 아렌트를 따르면 단순한 '홀로임'과 군중 속에서도 느끼는 '고독'을 처음으로 구별한 철인이 에픽테토스다.

2. '도시'는 '도무지' '모두 합해서'의 뜻이다. 都是. 얼마전만
하더라도 흔히 쓰는 일상어였다.

어제 그제
1. 김유정의 「동백꽃」에 나오는 동백은 사실은 생강나무이다. 강
원 충청 지방에서는 그냥 동백이라 하기도 하고 개동백이라 하기도
한다.
2. "젊은 벗들이여 살다 보면 위장이 쓰릴 때가 많습니다."는 위
장약 겔포스의 라디오 선전 문구라 한다.

내 뻐꾸기
박경리 시편 「뻐꾸기」는 다음과 같이 끝난다.

분명
산속에 있기는 있을 터인데
나는 아직 그 새를 본 적이 없다
내 인생에서도 보이지 않았던
그 많은 것들과 같이
뻐꾸기를 본 적이 없다.

지나가는 뒷모습에

『악의 꽃』 중 「파리 풍경」 시편의 하나인 소네트 「스쳐간 여인에게」의 변주이다. 보들레르 시편에서 도시적인 경험은 곧 찰나적인 경험이기도 하다.

거리는 사방에서 귀가 먹먹하게 울렸다
상복 차림의 늘씬한 여인이 장엄히
비탄에 잠겨 꽃 주름 장식 치마 가장자리를
한손으로 우아하게 살짝 들고 지나갔다

귀티 나고 날렵하게 옮기는 조각 같은 다리
나로 말하면 미친 듯 몸을 뒤틀며
폭풍 이는 음산한 하늘 같은 그녀의 눈속에서
매혹의 달콤함과 뇌쇄의 기쁨을 들어 마셨다

번갯불 번쩍……그리곤 한밤! 느닷없는 그녀 눈길이
내게 새 삶을 안겨주고 스쳐간 미녀
영원토록 다시는 그대를 못 만날 것인가?

머나먼 나라로! 너무 늦었다! 결코 못 만나리라!

그대 있는 곳 내 알지 못하며 내 가는 곳 그대 모르느니

내 그대를 사랑했어야 하는 것인데, 그대 또한 그것을 알았을 텐데

제비꽃

1. 제비꽃은 지방에 따라 오랑캐꽃이라 하기도 하고 앉은뱅이꽃이라고도 한다. 기표와 기의 사이의 관계가 필연적인 것이 아니고 전혀 자의적인 것임을 재확인하게 된다.

2. 지방에 따라서 앉은뱅이꽃은 또 민들레나 채송화를 가리키기도 한다. 예쁜 꽃에 붙인 야박한 이름이다.

3. '마대서'는 '마다해서'의 준말이다.

4. '아무려면 어때서'는 여기서 두어 가지 방식으로 읽힌다.

서산이 되고 청노새 되어

1. 개똥벌레라고도 하는 반딧불이는 전세계적으로 대략 2천 종이 분포해 있다. 육이오 전까지만 하더라도 전국 도처에서 볼 수 있었는데 요즘엔 보호 지역에라도 가야 겨우 볼 수 있을까 말까다. 보통 여름철에 많이 날아다녔지만 가을 반딧불이도 있다. 광릉, 우이동, 진관사 등이 가을 반딧불이의 명소였다. 서울에선 8월 하순에서 10월 중순까지가 가을 반딧불이의 전성기였다. 수컷은 개울가나 벼논 위를 날아다니지만 암컷은 날지 않고 물가를 기어다닌다. 암컷의 불

빛이 수컷보다 강하지만 발광 기관이 복부를 향하고 있어 쉬 눈에 뜨이지 않는다. 왜 불빛을 내는가? 짝짓기를 위해 이성에게 보내는 신호라고 생각들을 하지만 애벌레나 모체에 있는 알까지도 불빛을 낸다. 방어용이라는 소수의견도 있으나 모체 안의 알이 굳이 방어용 불빛을 낼 필요가 있을까? 밤에 빛을 내면 오히려 천적에게 노출되는 것은 아닐까?

2. '여름 반딧불이'라 한 것은 물론 운율적 고려에서 나왔지만 실제로 여름 반딧불이와 가을 반딧불이는 다른 것이다.

3. 크리크(creek)는 미국에서 조그만 개울을 가리킨다. 중국의 조그만 운하도 크리크라 한다.

4. 시인 백석과 프랑시스 잠이 노래한 당나귀를 본 젊은이들은 많지 않을 것이다. 중국에서 들여왔기 때문에 당(唐)나귀라 했고 서산나귀는 나귀의 일종으로 몸집이 좀 큰 편이다. 서산이는 서산나귀의 별칭이다.

5. 수나귀와 암말 사이에서 난 트기가 노새이다. 푸른 빛을 띤 노새가 청노새이다. '아버지는 나귀 타고 장에 가시고'란 윤석중 동요가 시사하듯이 나귀나 노새는 한때 양반가 남성의 자가용이었다.

대소원을 지나며

1. 대소원(大召院)은 충북 충주시 이류면에 있는 지명이다. 요즘

엔 큰 도로가 많이 건설되어 별로 차가 다니지 않는 뒷골목 마을이
되었다.

2. 성장 신화에 의거한 개발과 근대화 노력은 거대한 빈민굴에서
우리 사회를 건져주었다. 그러나 아직도 멀었다는 것이 우리 모두의
감개가 아닌가.

그제 회오리

서백리아(西伯利亞)는 물론 시베리아요 막수풀은 잡목림(雜木
林)을 가리키며 우리 어휘에 대한 나의 조그만 기여이다.

전언에 대하여

1. 「석류」는 정지용 시편이요 다음은 그 후반이다.

이 열매는 지난 해 시월 상달, 우리 둘의
조그마한 이야기가 비롯될 때 익은 것이어니//
작은 아씨야, 가녀린 동무야, 남 몰래 깃들인
네 가슴엔 조름 조는 옥토끼가 한쌍//
옛 못 속에 헤엄치는 흰 고기의 손가락, 손가락,
외롭게 가볍게 스스로 떠는 은실, 은실//
아아 석류알을 알알히 비추어 보며

신라천년의 푸른 하늘을 꿈꾸노니.

2. '이 지나친 시련, 나는 성내서는 안 된다' 는 대목이 윤동주의 「병원」에 보인다.

민중의 나무

포플러는 수종이 극히 다양한데 'arbor populi' 가 어원으로 '인민의 나무' 란 뜻이다. 공공 건물이나 공공 시설을 장식하고 있었기 때문에 나온 이름이다. 가령 서부 영화에서 포플러 수종이 보이면 물이 가까이 있다는 표지다. 미루나무는 미국에서 들여왔다 해서 붙인 미류(美柳)나무가 변한 것이다. 1930년에 김동인이 발표한 단편 표제인 '아라사 버들' 은 포플러 즉 미루나무를 가리킨다. 평안도 지방에서는 그렇게 부른 모양인데 러일전쟁 전후에 나무가 들어온 것과 연관된다는 설이 있다.

오래 전 오랜 후에

처형 때 눈을 가리는 것은 사형수의 저주나 원망의 눈길이 재앙을 가져온다는 속신 때문에 생긴 관행이요 현장 권력에 의한 현장 권력을 위한 현장의 권력 행사이다.

노래하는 아이들

1. 군가 「충성가」는 사변 전에 많이 불렸고 중학교 교련 시간에도 불렀다. 지나치게 애조라 해서 나중에는 불리지 않았다. 1절 가사 전문은 다음과 같다.

인생의 목숨은 초로와 같고
이씨 조선 오백 년 양양하고나
이 몸이 죽어서 나라가 선다면
아아 이슬같이 죽겠노라.

2. 「빨치산의 노래」의 1절 가사는 이렇다.

태백산맥에 눈 나린다
총을 매어라 진군이다
눈보라는 밀림에 우나
가슴속에는 피 끓는다
높고 높은 산을 넘어
눈에 묻혀 사라진 길을 열고
빨치산이 영을 내린다
원수를 찾아서 영을 내린다.

강가에서

만물이 유전한다고 설파한 고대 그리스의 철인 헤라클레이토스는 "우리는 같은 강물에 두번 발을 담글 수 없다."고 적었다.

광고

Hans Magnus Enzensberger, *Critical Essays*(Continuum, 1982), 99~100쪽 참조.

프로이트에 의도된 '창조적 오해'를 가하고 있다.

시인의 꽃

시인은 기의보다 기표에 끌리는 일이 많다. 조지 슈타이너는 말라르메를 딛고 "말의 진실은 세계의 부재이다."라 적고 있다. 번역으로는 말놀이의 국면이 사라지는데 원문은 이렇다. The truth of the word is the absence of the world. さざんか는 山茶花의 일본어 발음이다.

시는 죽었다

1. 저들 나이로 스물한 살이 되는 1816년 12월 30일에 존 키츠는 「여치와 귀뚜라미에 부쳐」라는 소네트를 썼다. 이 14행시를 옮기면 대충 다음과 같이 된다.

지상의 시는 살아 있다

모든 새들이 더위에 지쳐

서늘한 나무 속에서 숨어 있을 때

갓 베어낸 목초지께 생울타리에서

생울타리로 울음소리 흐르느니

그것은 여치 소리다. 여치는 여름 호사를

선도하며 환희를 끝장내지 않는다

재미에 지치면 풀섶에서 편히 쉬기 때문.

지상의 시는 그치지 않는다

찬 서리가 정적을 마련하는 겨울 저녁

점점 더해 오는 온기 속에

난로에서 귀뚜라미 노래가 날카롭게

흘러나와 졸음에 겨운 사람에겐

방초 무성한 언덕의 여치 소리인 양 들리니.

2. '만약 신이 없다면 모든 것이 허용된다' 고 도스토예프스키의
한 작중인물은 말하고 있다.

耳鳴
몇 해 전 서울 지하철이 뻐꾸기 소리를 들려주더니 요새는 그쳤다.

마부 표도르의 포장마차

표도르는 표도르 도스토이에프스키. 환도 직후 을지로 육가의 철물점 겸 고서점에서 『카라마조프가의 형제들』 영역본을 구해 읽은 독서 경험을 다루고 있다.

불멸의 한 줄은커녕

두류산(頭流山)은 지리산의 별칭이요 반야는 반야봉이다. 월악산(月岳山)은 표고 1천 미터가 넘는 충북 제천시 한수면, 덕산면 소재의 산이다.

서산이 되고
청노새 되어

1판 1쇄 찍음 2004년 8월 10일
1판 1쇄 펴냄 2004년 8월 15일

지은이 유종호
펴낸이 박맹호
펴낸곳 (주) 민음사

출판등록 1966. 5. 19. 제16-490호
서울시 강남구 신사동 506번지 강남출판문화센터 5층 (우)135-887
대표전화 515-2000 / 팩시밀리 515-2007
www.minumsa.com

값 6,000원

ISBN 89-374-0725-6 03810